A PRAÇA

Copyright©2013 by Carlos Moraes
Copyright©2013 by Rubens Matuck

Editor:
Zeco Homem de Montes

Capa:
Projeto: Walter Ono
Ilustrações: Rubens Matuck

Projeto Gráfico:
Walter Ono

Diagramação:
Bruna Sanjar Mazzilli

Revisão:
Mell Sauter Brites Guimarães

Elaborado por:
Silvia Maria Azevedo de Oliveira   CRB/8 – 4503

Moraes, Carlos

    A praça / Carlos Moraes ; Rubens Matuck. – São Paulo : ÔZé Editora, 2013.

    ISBN 978-85-64571-15-0

    1. Literatura infantojuvenil   I. Matuck, Rubens II. Título.

                                               CDD – 028.5

Índices para catálogo sistemático:
    1. Literatura infantil 028.5
    2. Literatura infantojuvenil 028.5

Todos os direitos reservados
ÔZé Editora Ltda.
www.ozeeditora.com.br
contato@ozeeditora.com.br
Impresso no Brasil / 2013

Carlos Moraes
Rubens Matuck

A PRAÇA

1a. edição - 2013
São Paulo

Prefácio

Quando alguém se sente leve e feliz, bem disposto e limpo de coração, se diz que ele está em estado de graça. E isso é muito bom.

Mas existe também o estado de praça. Esse é melhor ainda porque, nele, a pessoa pode se sentir do jeito que está, triste ou alegre, pura ou culpada, com vontade de brincar ou de ficar só.

Porque praça é assim, de todos, para todos, aberta. Acolhe, recolhe.

Vocês vão ler e ver agora duas histórias de praça.

Uma conta em palavras como foi que, numa praça, cinco colegas de classe se conheceram melhor e entenderam melhor a vida. E como, juntos, transformaram a praça e suas vidas.

A outra conta em aquarelas o que se passou com outra praça.

Uma, a do escritor, pode acontecer aí perto da sua casa, sua escola.

A outra história, a do pintor, aconteceu mesmo no bairro onde ele mora, em São Paulo. Também nessa um pessoal cheio de idéias chegou e tomou conta de uma praça.

Duas histórias para ler e ver em estado de praça ou de graça, tanto faz.

Carlos Moraes

A PRAÇA

1. A peça que deu o que falar

Eu não gosto muito do meu nome: Lucas. Sei que é nome de santo, e santo forte: Lucas foi um dos quatro evangelistas que contaram a história de Jesus. Os outros três são Tiago, Mateus e João.

Tudo bem, mas não sei se aguento mais tanto evangelista.

Hoje a gente não consegue mais dobrar uma esquina sem dar de cara com um Tiago, um Mateus ou um Lucas. Claro que no futuro isso vai facilitar muito na hora de organizar as pessoas nas filas e aglomerações: atenção, calma, gente, os Lucas aqui, os Mateus sem *h* aqui, os Thiagos com *h* ali...

Bom. Mas estou enrolando um pouco com esta história do meu nome só para não me lembrar do pior, que é o meu apelido ultimamente aqui na escola: *Mãe Chata*.

Até no futebolzinho do recreio é só eu errar uma bola que alguém berra de lá:

— Aí, Mãe Chata!

— Cuidado com a saia.

É um horror.

Também não sei para que que fui me meter nisso.

Tudo começou um dia no teatro da escola. Numa peça sobre família complicada que a gente mesmo inventou. Na peça tinha um avô durão, uma avó piradona, uma mãe chata e um pai que nem aí.

Deu que a Sandrinha, a menina que tinha de fazer a mãe chata, não acertava a mão. Nem a mão, nem voz, nem o corpo, nada. Comecei, na maior, a explicar para ela como eu achava que devia ser. Primeiro com palavras, depois mostrando, imitando. O pessoal morrendo de rir. Aí, de tanto não conseguir, a Sandrinha se irritou:

— Por que não faz você?

— É isso aí! É isso aí! – Todo o mundo concordou.

Querendo ou sem querer, as pessoas às vezes sabem como te azarar: topei.

Topei, os ensaios foram uma maravilha e a peça, um sucesso. Pais e filhos riam unidos e, no fim, até uma psicóloga famosa pediu o texto para discutir com seus alunos na PUC. Olha só.

No outro dia, na escola, era só o que se comentava. Todo mundo atuou bem nos papéis de Avô Durão, Avó Piradona e Pai Voador, mas a minha Mãe Chata, vamos reconhecer, arrasou.

Aí começou. Primeiro, como brincadeira, depois foi engrossando. Senti isso quando o Renatinho chegou e elogiou:

— Você foi... perfeita!

Esse *perfeita* ele já disse com um trejeito, torcendo a mão.

2. Cai a ficha

Foi aí, com essa frase do Renatinho, que de repente me caiu a ficha. A terrível, a dolorosa ficha. A peça que eu mesmo me preguei. O que eu estava oferecendo, de bandeja, ao inimigo.

Não é bem ao inimigo e nem sei direito como explicar. Mas é o seguinte. Numa escola, como em qualquer lugar, a gente agrada ou desagrada. Ou melhor: tem coisas nossas que agradam, outras que irritam. Ninguém é feito só de luzinhas. Seria um monstro. Um monstro de luz, mas um monstro, um chato.

Olha eu aqui. Sou bom aluno, tenho certa imaginação, danço bastante bem, festinha sem mim não começa. Mas acho também que sou meio para o irônico, gozador, exibido. Sandrinha vive dizendo:

— O Lucas se acha.

Se acha o máximo, ela quer dizer.

Engraçado: o que a gente pensa que é e como os outros nos veem. Os ressentimentos que, sem perceber, a gente causa em volta, nas pessoas. Broncas que vão se acumulando, azedando, esperando a hora de dar o troco.

Foi um pouco isso que aconteceu.

Um pouco, não. Muito. Meu papel feminino, engraçado no palco, virou tragédia na classe, na escola, na vida. Quem tinha contas para acertar comigo caiu matando.

A começar, na nossa classe, pelo Renatinho. Bem, esse nem se dá ao luxo de ter nada contra mim em especial. Por alguma razão ele tem bronca é do mundo, da vida. O cabelo espetado, a testa espinhenta, os óculos salientes – tudo nele é meio pontudo. E inteligente, irônico, amargo. O tempo inteiro vibra mais com o erro, o defeito, do que com o acerto, a qualidade. E o pior é que em volta dele, lá atrás, gravita uma turminha assim meio complicada. A Sandra, a Deuzeni, o Rogerinho, o Gastão. Todos eles, por causa da peça, só se referem a mim como Mãe Chata.

— Ih, lá vem o Mãe Chata.

— Alguém precisa reclamar contra o novo horário das provas.

— Chama o Mãe Chata.

— Claro. Mãe Chata é pra essas coisas.

E assim o que começa como brincadeira, vai engrossando. Saindo da tua classe, andando pelos corredores, o pátio, tomando conta do colégio.

Vi isso quando o professor Luis Angelim sugeriu que a gente encenasse certos fatos das aulas de história. A libertação dos escravos, por exemplo. Todo mundo gostou da ideia e então Deuzeni falou, virando pra mim:

— É isso aí, professor: princesa Isabel é que não vai faltar.

3. O caso do bule azul

Sei que o melhor, no começo, é dar um tempo. As coisas tendem a se acalmar, pensei. Mas nem sempre. Tem hora que as coisas se complicam, um azar puxa outro.

Olha como se complicou. Nossa orientadora, Maria Helena Mattos, vai fazer aniversário. Todos gostam dela. É alegre, equilibrada, tremendamente honesta, fala as mais duras coisas assim na maior. Ou chega e elogia, também de coração.

Daí que o presente tinha que ser caprichado, bonito. Mas não se chegava a um acordo.

— Um livro.
— Livro ela tem.
— CD?
— CD todo mundo dá.
— Joia?
— Aí tem que ser cara.
— Perfume?
— Muito pessoal.
— Roupa?
— Meio arriscado.
— Um piercing?
— Qual é, gente. É sério.
— Um bule?
— Como, um bule?

— Um de cerâmica. Azul, uma graça. Sei onde tem.

Não é que, em péssima hora, a minha ideia do bule pegou?

Bom, não era um bule qualquer. Era um bule de uma japonesinha chamada Miwa cujo ateliê eu tive esses dias a sorte de conhecer. É um verdadeiro mundo mágico. Os fornos, os pigmentos, as obras. Vasos, xícaras, chaleiras, uns objetos que a gente não sabe exatamente o que é, mas bonitos, de formas assim meio abauladas, tipo tigelas, com umas fendas bem fininhas para lá e para cá.

Voltei encantado do ateliê. Soube que Miwa, nome que em japonês quer dizer *paz*, estava expondo numa loja ali não muito longe da escola. Tinha certeza de que Maria Helena ia gostar, por exemplo, de um bule azul escuro, com a tampa cinza e, se a grana desse, duas xícaras combinando.

O pessoal da classe foi lá, gostou e comprou. Quando Maria Helena abriu o presente só faltou chorar.

No dia seguinte o Renatinho me pergunta assim como quem não quer nada:

— Você vai muito naquela loja?

— Que loja?

— A Arco-íris.

— Arco-íris?

— Onde a gente comprou o bule azul.

— Ah. Não, nunca fui. Só vi no jornal que a artista tava expondo lá.

— Não é o que dizem. Parece que o pessoal lá da loja te conhece.

Naquela tarde mesmo, já meio cabreiro, passei na loja. Era uma loja diferente, um pessoal diferente, que me olhou com curiosidade. Fui olhando as coisas, na maior. Tinha uns livros bem específicos, uns cartazes ousados, umas roupas assim mais alegres.

    Então saquei. Era uma loja gay. A única da cidade. Fechou, não sei por quê, semanas depois. Mas o estrago já estava feito. Aí boa parte da escola já sabia: eu, Lucas, o Mãe Chata, frequentava uma loja gay.

4. Ser ou não ser

No fim as gozações com essa história do Mãe Chata até que foram acabando. Bom sinal? Péssimo: sinal de que agora a coisa era mais séria, até brincar ficava chato. Pelo menos na minha frente.

Ficou um clima gozado. Cochichado. Um dia o professor Luis Angelim, um cara legal, meio cientista, meio poeta, me chamou num canto:

— Sabe, Lucas. Não liga pra essas coisas. Que eu também, em outra escola, por uma bobagem vivi uma situação muito chata. Quase tive que sair. Por uma bobagem, por uma bobagem.

Longe de me acalmar, me assustou. Então era mais sério do que eu pensava. Se até um professor andava preocupado.

E tudo na moita, o que é o pior. Um dia, em casa, até meu irmão mais velho, primeiro ano de engenharia, me perguntou:

— O que que tá havendo contigo lá no colégio?

— Nada, tudo bem.

— Pois eu acho que tá na hora de você partir a cara de alguém.

A vida na escola começou a perder a graça. Sempre aquela coisa no ar: ele é ou não é?

Mas algo eu tinha que fazer e, para dizer a verdade,

só três coisas me ocorreram. Partir a cara do Aparício, o valentão da classe; tentar namorar a Jennifer, a bela da escola, ou partir para o sacrifício e pelo menos ficar com a Melissa, que me olha diferente.

Partir a cara do Aparício não vai ser fácil. O cara nem é tão alto, mas forte, largo, maciço, um armário de pessoa. E meio poderoso. O avô tem uma fábrica de carrocerias de caminhão lá no Sul e o pai veio ampliar o negócio por aqui. O filho deu nisso, uma carroceria. Um monobloco.

Não vai ser fácil. Chegou aqui com fama de demolidor. No colégio onde estudava antes dizem que acabou com uma classe inteira, incluindo algumas mesas e cadeiras. É o que dizem. Parece que um menino lá contou uma piada de gaúcho, todo mundo começou a rir dele e foi aquele barraco sem fim.

Veio parar na nossa classe, senta lá atrás, mas não era da turma do Renatinho, Rogerinho, Gastão. Parece que, entre nós, até que maneirou sua fama de valente. Fora algumas broncas no futebol do recreio, sempre ficou na dele. Até o dia em que, justo na saída na escola, uma professora foi assaltada. O Aparício, que vinha passando, juntou os dois pivetes pela gola, com faca e tudo, e foi levantando até bater a cabeça de um contra a do outro. Quando a polícia chegou foi só para recolher as sobras.

Agora o Aparício pode ser a minha solução. Chego a me imaginar enfrentando a fera. Ele come demais e se tem uma coisa que detesta no mundo é falar em regime. Então imaginei ele com um cachorro-quente atravessado na boca e eu:

— Cara, isso engorda.
— E daí?
— Vai ficar uma égua velha, gaúcha e gorda.
— Qual é a tua, ô Mãe Chata?

— Mãe Chata é a mãe.

E tasco o primeiro, no queixo, com cachorro-quente e tudo. Depois seja o que Deus quiser. Não se pode ganhar todas. E do que me importa um lábio inchado se o machão está salvo?

Fácil é que não vai ser. De qualquer jeito, decidi seguir o conselho do meu irmão e fazer musculação numa academia de um romeno aqui perto, o CD. Parece mesmo um CD, é todo compacto e, segundo o meu irmão, já lutou em várias guerras lá pela Europa.

Mas não sei, não, isso de academia. Aqueles caras puro músculo passando para lá e para cá na rua. Os homens-batata, eu dizia. Batatas com duas pernas e uma camisa regata, eu dizia. Então eu queria ser um deles?

Mas não sei não, tanto músculo. E o tempo inteiro. De vez em quando tudo bem. No recreio, no parque deve ser até legal transportar aquela tralha toda nos ombros, nos braços. Mas carregar o dia inteiro aquele feixe de músculos? Dormir com eles? Ir ao cinema? Almoçar com a avó no domingo? E imagina no banheiro: a gente ali, sentado, com aquela musculatura toda.

Ou eu que estou com inveja de toda a saração marombada desses caras?

Não sei. Sei que acabou ali meu sonho de ser o grande machão da escola. Músculo, eu acabava de ver, não era documento. Desisti dos meus. O Aparício nem sonha do que se salvou. Ou eu do que me salvei.

5. Jennifer

Namorar a Jennifer também não ia ser fácil. Ela vive tão longe e tão alto.

Tão longe porque, mesmo nas rodinhas do recreio a Jennifer não toma muito conhecimento da gente, fica o tempo inteiro olhando para o portão como se, a qualquer momento, um agente viesse buscar ela para desfilar em Londres, Paris ou Milão. Seu grande sonho é ser modelo, dessas bem top.

E tão alto porque, ai de nós, é bastante alta mesmo. Já deve ter o quê? Para mais de um e oitenta e ainda por cima faz alongamento, essas coisas.

Bom, mas o fato é que namorar ou ficar com a Jennifer me daria o maior ibope na escola e arredores. Ela impressiona. Alta, olhos verdes e sempre muito produzida. Roupa, cada dia um lançamento, e na cara o máximo de soluções que a escola permite. É um brinco incrementado lá, um puxadinho de olho aqui, o que puder.

Bom: dei sorte. Justo naqueles dias a Jennifer me convida para ir com ela até uma agência de modelos que fica numa daquelas casas enormes atrás de um shopping no fim da Rebouças. Nem sei por que ela me convidou. Ou sei. O pai dela é um gringo vago que mora nos Estados Unidos. A mãe é meio avoada, sei lá. Assim ela acha melhor ir com um colega mesmo.

O diabo é que ela tem aquele tamanho e caminha como quem desfila. Impressiona muito por onde passa e, para chegar à agência, a gente tinha que passar por umas ruazinhas bem estranhas. Sugeri que a gente levasse o Aparício, por garantia, como uma espécie de tanque pessoal. Hoje não tem *personal trainer*? Por que não um *personal tank*?

Jennifer ficou meio assim.

— Ih: mas ele não é muito gauchão?

— É, é meio bagual, mas boa gente.

— Bagual, o que é isso?

— Não sei, ele que fala. Acho que é o cavalo antes de domar.

O Aparício, no começo, ficou meio ofendido.

— Mas bah, cara: eu, numa agência de modelo? Se lá em Vacaria ficam sabendo, me demitem do município.

— Qual é, cara. Lá tá assim de menina bonita.

— Imagina. Umas baitas mangolonas, metro e meio só de perna. Gaúcho é bom de cavalo, com girafa acho que se atrapalha. Mas tudo bem.

Lá fomos os três. Devíamos formar um timezinho bastante engraçado. De um lado eu, um tipo mediano; do outro, o Aparício, um 4x4, e, no meio, a Jennifer, fina e comprida.

Na agência era um entra e sai danado. Já na portaria ficamos esperando no meio de umas pivetonas que não sei donde tiravam tanta perna. Lá em casa tem um livro sobre aves lacustres: essas garças, flamingos, tuiuiús, socós que ficam nas lagoas rasas azarando peixes, sapos e caramujos. É como eu me sentia entre aquelas candidatas a modelos. Entre aves lacustres.

Depois fomos para uma salinha cheia de mães com

filhas. Era engraçado: as mães já meio gordinhas da vida ao lado daquelas aves enormes e puro osso. Mas justo elas pareciam as mais animadas. As filhas adolescentes só ali olhando o teto com aquela cara de azia típica das modelos.

Até que veio até a Jennifer um carinha todo maneiroso, o Toni. Ele parece que também se interessou por nós:

— E vocês quem são?
— Eu sou colega dela de escola — eu disse, educado.
— E eu sou a mãe da moça – resmungou o Aparício.

Toni nem se impressionou:

— Ih, já vi que é gaúcho. Terra de grandes modelos. Não viu a Gisele?

Aparício serrou de cima:

— A Gisele? Ora, a Gisele. Guria como ela a gente dá um chute numa macega e sai quatro. Só que a maioria fica por lá mesmo, pro consumo interno.

Toni nem aí, riu com gosto.

Jennifer foi para a salinha ao lado e começou a ser examinada por um sujeito mal-humorado, de charuto. Aparício comentou:

— Barbaridade: parece que tão comprando cavalo. Só falta examinar os dentes.

Foi ele falar e a Jennifer esticou os lábios e mostrou os dentes para o cara. Fiquei com o medo de que o Aparício começasse um dos seus esparramos. Mas ele só ficou sacudindo a cabeça, chocado.

Enquanto isso o Toni veio sentar um pouco ali com a gente. Apontou discretamente o bando de flamingos em volta:

— Tão vendo aí? Parecem todas iguais, assim de jeans, roendo as unhas e a mãe do lado. Todas iguais. De repente, uma "tchum": dispara. Vira mega, hiper, super: deusa!

— E dá pra saber antes que vai estourar? – perguntei.

— Difícil. Toda modelo que estoura pinta alguém dizendo: fui eu que descobri. Não foi ninguém, foi Deus. Aquela luzinha, aquele mistério que umas têm e outras não, é coisa de Deus. Umas são até mais bonitas, mais certinhas, mas não têm a chama. É isso. Viram essa que entrou aí?

— A magrela de mochila rosa?

— É. Sabe quem é?

— Nem sonho.

— A Dani que fez ponta na novela? – perguntou, para minha surpresa, o Aparício.

— Essa mesma – disse o Toni.

— Não pode ser – acho que dissemos os dois.

— Pois é. É ela. Sem produção não passa de uma pivetinha que você vê na rua e nem nota.

— Mas então esse é o segredo: a produção?

— Não, já falei. É a chama, o mistério. Sem luzinha a produção só ressalta o vazio. Aí já viu, não é? Morre ali.

Jennifer voltou meio nervosa. Perguntei baixinho para o Toni:

— Ela tem?

— O quê?

— A luzinha.

— Ah, meu filho. Isso só o tempo dirá.

Queria perguntar mais, mas ele se voltou para o Aparício.

— E você, grandão? Não quer fazer um teste?

Achei que o Aparício ia pular no cara, mas ele foi saindo ligeirito e só rosnou lá fora:

— Tropilha de maluco!

6. Melissa

Aparício voltou para a escola, tinha futebol, eu fui levar Jennifer em casa.

Ela queria que eu ajudasse a escolher novas fotos para seu book. Eu gostava muito de umas em preto e branco que o próprio Raul fez lá na escola. Em preto e branco acho que a Jennifer ficava um pouco mais assim, misteriosa. Já ela disse que se sentia outra. Pensando bem, ela ainda é uma pessoa mais a cores mesmo. Tudo bem, um ela dia vai descobrir o preto e o branco. Outros jeitos de ser.

Na casa da Jennifer foi meio chato. A mãe na sala vendo televisão, mas com os olhos longe. Mal nos cumprimentou.

Fomos para o quarto dela. Uma bagunça danada. Fiquei ali sentado onde deu enquanto ela foi lá na sala conversar com a mãe. Ouvi que discutiam numa ruim.

O quarto, já disse, uma bagunça danada. Roupas por tudo quanto é canto. Pela cama, pela mesa, pelas prateleiras, parecia uma loja recém-assaltada. Aqui e ali garrafinhas de água mineral e restos de chocolate. Li que modelo deve tomar muita água para hidratar a pele que essa tonta deve estragar com chocolate. Na mesa, perdida entre livros e camisetas, a foto de um gringo que devia ser o pai dela.

Jennifer voltou meio agitada lá da discussão com a mãe. Segurando as lágrimas. As pessoas altas parecem que

são mais desajeitadas para sofrer. Tentei dar uma animada:
— Qual é. Vamos lá. Me mostra as fotos.
Mas ela, agora, parece que mal registrava a minha presença. O jeito foi deixar para outro dia.
Na rua, vi que eu não tinha nada a ver com a Jennifer. Acho que ela até topava sair comigo, ficar um pouco, eu até podia impressionar, calar a boca dos idiotas lá na escola, mas não tinha nada a ver. Sentimento é sentimento. Bate ou não bate, rola ou não rola.
Bom, sobra a Melissa, pensei. Mas olha como fica horrível só de dizer: sobra a Melissa. Ela é bonitinha. Aí é que tá. Não é bonita, é bonitinha. Boca, narizinho, olhos, tudo certinho. Falta a tal luzinha. Acho que menina tem que ter um ângulo meio diferente, até meio feio, para surpreender. Como a Bárbara, uma do colegial. O nariz grande, a boca forte, um bicho vivo. De um lado, meio estranha; do outro, uma deusa egípcia, sei lá. Mas a Bárbara me assusta. Não me sinto preparado.
Já a Melissa, toda certinha. Não é por nada que tem nome de chá. Nunca nem um fio de cabelo fora de lugar. Como a casa dela, cheias de lustres e dourados, fui a uma festa lá no seu aniversário. Os pais ficaram ricos há pouco tempo. Acho que me trataram bem demais, já meio que me escolhendo, sei lá. Acho que até legal, mas o pai era meio bronqueado e mandão e a mãe não largava dos braços um desses cachorrinhos minúsculos com fitinha vermelha no pescoço.
Só que assim também não dá. Aquela é muito alta, essa é muito bonitinha, o pai é meio estourado e mãe não larga o cachorro. É muita frescura. Depois me queixo.

7. *No trotear da carreta*

Na escola, não sei como, ficaram sabendo da nossa visita à agência de modelos. Com o Aparício, claro, não se meteram. Mas eu tive que ouvir coisas, assim meio de lado, meio cochichadas, mas dava para perceber. O Renato, lá atrás, para a Linda:
— Sabe o Mãe Chata?
— Que que tem?
— Agora é mãe de miss.
— Não me diz.
— É. E quer que a *filha* seja modelo. Leva em agência e tudo.
— Não me diz.
— É. E até guarda-costas contratou.
— Não me diz. Quem é?
— O Aparício, ora. Quem podia ser.

Esse tipo de coisa. Eu andava retraído, calado. Achando que agora qualquer tipo de coisa ia terminar sendo levada para o outro lado. Até o professor Luis Angelim, bom amigo, estranhou minha apatia nas reuniões do grupo de teatro.
— Que que há, poeta?
— Ah, sabe aquele papel de Mãe Chata?
— Foi o maior sucesso.
— É, mas me complicou. Levaram pro outro lado.

Agora, pra muita gente aí, sou gay e não tem conversa.

— E vai querer que eu te dê o quê? Um papel de machão pra equilibrar? Aí que é entrar na deles. Besteira. Fica na tua. Tenho um papel bom para você na nossa próxima peça. Você vai ser um professor que ajuda um aluno numa fase difícil com a família.

Não quis nem saber. Não tinha pique. Uma tarde, no recreio, até o Aparício veio me atropelar:

— E aí, chê? Tá com aftosa?

— Que que é isso, aftosa?

— Uma doença que dá no gado. Deixa ele babando pelos cantos, triste.

— E eu tô assim?

— Mais ou menos. Olhar de vaca atolada. Mais desconfiado que galo torto. E passarinheiro, o que é pior.

— Passarinheiro, que é isso agora?

— Cavalo passarinheiro é aquele cavalo que tem pânico de passarinho. Vive sacudindo a cabeça, desconfiado, como se sempre tivesse um passarinho voando na cabeça dele. Vive dando safanão com a cabeça, cabreiro com tudo. Como tu, ultimamente.

Ficamos quietos, pensando. Aparício insistiu:

— São essas coisas que andam dizendo aí?

— É, um pouco.

— Isso é aquele povinho cascarra que senta lá atrás. Quer que eu dê uns taquaraços neles?

— Qual é, Aparício. Aí vão dizer que até macho ando contratando.

— Puxa, é mesmo. O melhor é deixar correr. Sabe o que diz o gaúcho? De nada adianta chorar muito em catacumba errada. Deixa correr.

— E se não passa?

— Passa. Tudo passa, como diz um tango.

— Que tango?

— Não sei, mas sempre tem um dizendo que tudo passa. A vida é assim, cara. Tem um negócio que chega e te complica e aí, de repente, outro vem e te salva. Por isso, deixa correr. Sabe como diz o gaúcho?

— Como é?

— Que é no trotear da carreta que as abóboras se acomodam.

8. Raul

Mas não se acomodavam. A vida na escola começou a perder a graça. Sempre aquela coisa no ar. Por mais que eu me esforçasse, parece que por onde eu andava, arrastava no ar uma bobagem dessas.

Que fazer? Uma luz veio da aula de biologia. Justo numa aula sobre cobras. Sobre como o veneno delas é usado para curar... picadas de cobras.

Taí, pensei. O negócio é usar o veneno a meu favor, é reunir meus talentos de ator e imitador e começar a contar, adoidado, piadas de gay. Sei algumas, bem razoáveis, e posso aprender outras nesses programas de humor da televisão, onde é só o que dá, cada uma mais besta que a outra, mas guerra é guerra, o que que se vai fazer. Sim, esse é o antídoto: a autogozação.

Quem me impediu? Assim meio sem querer?

O Raul, um que senta lá no canto.

O Raul é o tipo de cara que eu admiro. Um artista completo. Pintor, ilustrador, caricaturista, diagramador, web designer, um olho danado para botar ordem e beleza em cores e formas, o que pintar.

Quando um colega nosso, o Eugênio, morreu praticando rapel na serra do Mar, ele fez um convite para a missa que foi de arrepiar: o Eugênio como que pairava numa cachoeira de luz entre o céu e a terra. Comoveu o colégio inteiro e terminou iluminando um pouco a nossa dor.

E nossas peças de teatro já começavam a brilhar pelos cartazes que ele fazia. Na peça em si ele ainda funcionava como cenógrafo e figurinista. Batalhador, bom companheiro, ficava até altas horas, o tempo que fosse preciso, para coisa sair bem. Fora isso, era meio na dele.

Uma tarde, sem mais, no recreio, o Raul chega e me diz:

— Sabe esse negócio de gay aí? Não liga.

— Pois é. Ficou uma coisa meio besta.

— Besteira. Quem vale a pena não liga. Os outros, deixa correr. Não é aquela turma lá do canto? Aquilo é puro BV.

— BV?

— Bronqueados da Vida. Deixa correr.

Deu um silêncio gozado e ele continuou.

— Eu, por exemplo, sei que você não é.

— Ué, e por quê?

— Porque eu sou.

Aquilo me pegou como um soco na testa e foi descendo. Eu não sabia o que dizer. Ele, sempre na dele, também não estava nem aí com essa de se explicar. Tranquilamente começou a falar de outras coisas. Quis saber detalhes da nossa visita à agência de modelos. Rindo para danar:

— Que três: a Jennifer, você e o Aparício. Essa eu não teria perdido por nada desse mundo. Por que não me convidaram?

Raul sem querer foi acabando ali mesmo com minha campanha de autogozação gay. Agora ela já me parecia puro desrespeito com o Raul e com caras possivelmente tão legais quanto ele que, no fim, era mais o valente entre nós, o mais na dele.

Passei a noite pensando nisso. Em como a gente reduz as pessoas a uma coisa só, uma coisa que pretensamente nos torna superiores. Claro, Raul é gay, acabei de descobrir. Mas ele também é pintor, generoso, engraçado, meio místico, um monte de coisas. Podia ser heterossexual e chato, mesquinho, medíocre. Sexo é só uma parte. Nós somos mais.

Bom. Fui perdendo a vontade de sair por aí ridicularizando gay só para dizer que eu não sou. Vi que seria corrigir uma injustiça praticando outra.

9. *A praça*

Por essa época começou na minha classe a Semana do Social. Uma boa ideia que só vinha crescendo com o tempo. Nessa semana, a classe se dividia em equipes de cinco alunos para fazer alguma coisa pelos outros. O Luis Angelim sempre diz que, às vezes, é fazendo alguma coisa por aí que a gente melhora aqui dentro da escola. E dentro de nós também.

Este ano as equipes se formaram rápido. Uma foi organizar um festival de esportes numa favela, outra arrecadou roupas e alimentos para um lar de velhinhos, outra ia promover um baile de arrecadação de fundos para crianças deficientes, e por aí.

Por alguma razão ou mero acaso, Aparício, eu, Jennifer e Raul meio que sobramos. Ah, e a Iramaia. Ela andou se desentendendo com a turma dela lá do fundo.

De tarde fomos os quatro para a praça ali em frente pensar em alguma coisa. Sentamos num banco de cimento bastante detonado e ali ficamos vendo a vida passar.

Aquilo não era bem uma praça, mas um descampado triste e comprido. O prefeito até que fez alguma coisa no começo. Num canto, conseguiu acabar com um velho e ilegal posto de gasolina e no outro, com uns galpões abandonados da própria prefeitura. No meio ficaram umas arvorezinhas esqueléticas e, em volta, uns bancos rachados. Lá no canto, em mesas improvisadas, um grupo de idosos há uns cem anos jogava dominó. Eles eram o único sinal de vida organizada por ali, os *velhos da praça*.

Foi olhando essa tristeza toda que o Aparício de repente pulou do banco berrando:

— Essa praça! É essa praça!

— Que que tem essa praça?

— Nossa equipe podia comandar uma revolução nela.

Foi dando em todos um silêncio de ideia boa.

Nisso vem a Iramaia passando. Ela sempre ia fumar por ali. Aparício foi direto como sempre:

— Te aprochega, guria. Larga esse cigarro e vem fazer parte da nossa equipe.

Não é que a Iramaia veio e sentou com a gente?

Logo as primeiras tarefas estavam no papel. Limpeza geral do recinto. Riscar, pelo menos riscar, uma pista para o pessoal correr em volta, andar de bicicleta. Visita à prefeitura para batalhar por nova iluminação, novos bancos.

— E as árvores?

Raul falou:

— Se a gente deixar as árvores e as flores com a prefeitura, vai ficar uma praça igual a milhares por aí. Toda certinha.

Foi a minha vez de sugerir:

— E se a gente convidasse o pessoal aqui de volta para cada um vir plantar... a *sua* árvore? Árvores assim... *personalizadas?*

— Olha aqueles velhos...

— Idosos, Aparício, idosos – corrigiu Iramaia.

— ... aqueles idosos jogando dominó lá no canto. É a única coisa que fazem todo o santo dia. Velho tem tempo e, às vezes, mais garra que nós.

Iramaia largou o cigarro e fomos todos até a turma do

dominó. Fomos bem recebidos, e a ideia também, mas eles nos aconselharam a voltar no dia seguinte para falar com o líder do pedaço, seu Cativelli.

Na tarde seguinte lá estávamos os cinco outra vez. Seu Cativelli era um baixinho magro e atlético, olhos azuis e um eterno sorriso maroto de quem botou um sapo no quarto das moças. O dominó foi suspenso e teve início uma pequena assembleia.

O poder de uma boa ideia. Nunca vou esquecer isso pela vida afora. O poder de uma boa idéia.

O sonho da nova praça pegou na hora.

A ideia das "árvores de cada um" também.

Um dos velhinhos (*idosinhos* fica chato), seu Filadelfo, que era bancário aposentado e poeta militante, foi logo teorizando com sua pinta de intelectual:

— Nada contra, nada contra. Mas hoje só se fala em bichos em extinção, ararinha azul, mico-leão- dourado e tudo o mais. Nada contra. Mas... e as frutas em extinção? Cambuci, graviola, uvaia?

Essas, de fato, ninguém de nós ali da ala jovem conhecia.

Seu Filadelfo foi se entusiasmando:

— Sabe o que a gente podia fazer aqui? Um pomar da memória. Um recanto onde se preservassem as árvores frutíferas em extinção.

— As frutas da infância de cada um – disse o seu Filadelfo, poeta militante.

— Jabuticaba branca – falou seu Isidoro – Jabuticaba branca, uma preciosidade. Quando a gente era pequeno, ali no Vale, um tio esperto dizia que as verdes eram envenenadas. São as mais doces! As mais doces! Só não amadurecem como as outras. Uma preciosidade, uma preciosidade. Sei onde tem e posso conseguir muda.

— Bacupari! – exclamou outro senhor todo de branco. Bacupari. Dá em beira de rio, a polpa mais doce que existe! No sítio da minha irmã em Minas acho que ainda tem.

— E butiá? – empolgou-se o Aparício – Butiá é uma palmeirinha baixa que dá um coquinho amarelo louco de especial pra misturar com cachaça. Quer agradar um gaúcho? Convida pra uma canha com butiá.

Descobriu-se no grupo até um engenheiro agrônomo há anos aposentado, doutor Fúlvio Peres. Ele falou de centros de preservação de árvores que funcionavam junto a universidades. Era questão de entrar em contato. E concluiu:

— Só da família das palmeiras a gente pode dar um baile. Pacaba, jussara, macaúba...

Anoitecia e as ideias não paravam de pipocar, como flashes. Seu Filadelfo declarou fundado o GVV, Grupo dos Velhos Verdes

— Mas vocês vão trabalhar mesmo? – perguntou seu Cativelli.

— O senhor vai ver só como aqui ninguém froxa o garrão! – garantiu o Aparício

Seu Cativelli apontou para a Jennifer:

— É. Porque eu tô louco pra ver a nossa modelo aí de enxada na mão.

Jennifer olhava tudo como se, de repente, tivesse aterrissado num outro planeta.

Ficou marcada para sábado uma limpeza geral da área. Todos os convocados deveriam vir armados com pá, enxada, rastelo, ancinho, e tudo que pudessem reunir.

— É por aí que se começa – disse o engenheiro – é por onde se começa.

10. Plano de obras

Foi um sábado inesquecível. Claro que a turma do dominó foi a primeira a entrar em campo. E bem armada. Chegaram com pás, enxadas, picaretas, ancinhos, carrinhos de mão. Não sei onde guardavam tanta tralha.

Da nossa turma, eu e o Aparício fomos os primeiros. Depois chegou o Raul com uma mini prancheta de desenho. Depois, a Iramaia com um irmão bem simpático.

Mas a entrada mais sensacional, claro, foi a da Jennifer. Chegou de tênis rosa, bermuda cáqui e uma blusinha azul amarrada na barriga. E aquelas pernas que não acabavam mais. Todo mundo parou para ver a Jennifer passar e teve marmanjo disposto a pegar na enxada só para ajudar a moça. Aparício ficou impressionado e até me cochichou:

— Barbaridade, mas que sucesso, a Jennifer. Se continuar assim, a gente podia cercar a área e cobrar entrada.

Aos poucos a praça já estava com outra cara, cada um ajudando como podia. A Jennifer juntando folhas com o ancinho foi um espetáculo à parte.

De tardezinha, Raul mostrou, a cores, um plano geral de como a praça poderia ficar. O Pomar da Memória no centro, espaço para outras árvores e ideias, trilhas bem planejadas e, em volta, uma pista para caminhadas e uma ciclofaixa para bicicletas. Um sonho para muitos anos, mas que ali no papel chegava a pulsar de tão vivo.

Já anoitecia quando conheci Júlia Prates e senti que a minha vida acabava de levar um tranco.

Não pode – pensei – não pode uma criatura dessas, chegar ali, assim de repente e bagunçar tudo.

Mas ali estava ela. Rindo suave, olhando divertida, um jeito leve de caminhar e olhos de uma alegria que eu nunca vi. Morena de olhos cinzas, pode?

Era sobrinha da dona Dileta, que morava lá cima num casarão azul e tinha vindo ali sugerir que a praça deveria ter um recanto dos temperos:

— Salsinha, cebolinha, manjerona, manjericão, sálvia, alecrim...

— Só pelo cheiro já vale a pena – concordou seu Cativelli – só pelo cheiro já vale a pena.

Fui me aproximando tão interessado que dona Dileta teve de apresentar Júlia:

— Essa é minha sobrinha, Júlia. Veio do interior estudar aqui porque encasquetou de ser bailarina, e o pior é que parece que leva jeito.

Eu nem sei o que eu disse. Acho que até ela percebeu que eu não sabia o que dizer.

Sabe o cara que passa da timidez profunda para o ataque repentino? Sou eu. Convidei-a para o baile à noite na escola.

— É pra arrecadação de fundos pra uma escola de crianças deficientes – expliquei sem querer.

Dizem que amar é isso, amar é aquilo. Mas amar é também ficar, de repente, deficiente.

O pior é que ela aceitou.

Dançamos como nunca. Dançar com uma bailarina é uma coisa. É como dançar com uma pluma, uma chama. A gente levita, voa. Tinha hora que o pessoal parava para nos olhar.

Lá pelo fim da festa, o professor Luis Angelim nos procurou para saber da praça, animado como sempre. Disse que Angelim é nome de madeira, e da boa, e queria um *pé dele* lá na praça. Grande cara.

No fim, fui levar Júlia na casa dela. Soube então do seu sobrenome, Prates.

— Puxa, Júlia Prates. Já nasceu com nome famoso. Já dá até pra imaginar a notícia no jornal: Estreou ontem no Municipal, a nossa grande Júlia Prates.

Ela riu muito mas se despediu de mim assim como amiga carinhosa depois de uma noite feliz. Disse, sem que eu perguntasse, que ainda tinha umas coisas a resolver na vida.

Algum namorado no interior? Um frio me correu pela barriga.

Mesmo assim, na volta, eu atravessei a praça levitando.

11. Deixar-se abençoar

A Semana do Social passou, mas a batalha pela praça foi em frente. Já todos queríamos uma praça bonita para sempre.
Assim que a batalha continuou e em muitas frentes.
Do prefeito conseguimos a promessa de nova iluminação e a construção da pista para andar e da ciclofaixa.
— A parte verde deixe com a gente – foi avisando seu Cativelli.
O prefeito parece que ficou impressionado com o projeto do Raul e também com aquela nossa turma, feita de velhos e jovens. A turma era, de fato bem variada. Tinha o doutor Fúlvio nas técnicas, seu Cativelli nas falas, Aparício na retaguarda e a Jennifer, claro, como rainha da bateria.
A boa notícia veio do agrônomo aposentado Fúlvio Peres: a área prevista para o nosso Pomar da Memória ia exigir pouco adubo porque contava com uma terra preta e boa. E foi para ali que chegaram as primeiras mudas.
A turma do GVV, Grupo dos Velhos Verdes, conseguiu mais gente na vizinhança e foram chegando frutas que ninguém imaginava.
Entre as primeiras mudas já plantadas estavam, por exemplo: jambo vermelho, pequi, araçá, acerola, uvaia, lichia, graviola, carambola e, claro, pitanga.
Entre as prometidas estavam araçá-boi, cacau, murici,

pinha e fruta-pão.

O Recanto das Palmeiras, ideia do doutor Fúlvio, já contava com coco, macaúba, bacaba. Entre as esperadas: jerivá e buriti,

Jaca e abacate corriam por fora. Houve quem se apresentasse com os clássicos pés de laranja, limão, pera e caqui.

Seu Roberval, que era pernambucano, jurou que ia tentar trazer frutas da sua infância: pitomba, cajá, abiu, seriguela e sapoti.

Mas a grande festa foi quando chegaram enfim as mudas dos tão sonhados pés de jabuticabas brancas. As mudas já tinham frutinhas que eram verdes, não brancas, mas doces e gostosas. Ali ficaram, as três, no coração do Pomar da Memória. Era como se gente estivesse inaugurando um monumento de algum herói da pátria. E quem que disse que uma árvore não é um pouco isso?

Outra alegria foi ver o Aparício plantando seu pé de butiá, que um tio gaúcho mandou, de carona num caminhão, lá dos pampas gaúchos.

— Agora sim – disse o Aparício – agora sim!

Nosso time, Aparício, Jennifer, Iramaia, Raul e eu, cada vez mais unidos. A gente se reunia todos os fins de tarde no banco velho em um canto da praça.

Ali a conversa rolava solta sobre a praça e a vida.

Um já sabia mais da vida do outro.

Os pais de Iramaia estavam se separando e ela conversou muito sobre isso com Raul, cujos pais eram separados há anos. Aparício nos fazia rir com histórias da sua infância no Sul. Jennifer recebeu a maior força quando disse que ia estudar inglês para valer. Todos sabiam que Raul era gay e ninguém ligava a mínima. Ele para nós era um bom e generoso companheiro. Eu, bobão, não me aguentava e falava da Júlia, sem citar o nome dela, como se ninguém soubesse.

Júlia e eu estávamos saindo, mas até por ali. Fui a um ensaio do seu grupo de dança e fiquei encantado.

Fomos também a um show de música no galpão de uma velha fábrica. E, principalmente, dançávamos muito, onde desse. Seu curso de balé estava terminando e ela me dizia que tinha que tomar algumas decisões na vida. Acho que na sua vida lá no interior, mas eu, de feliz, não queria forçar barra nenhuma. Estar ali, perto dela, já era tudo o que se poderia pedir ao Deus que a fez na manhã em que quis se mostrar para os seus anjos

Um dia contei ao professor Luis Angelim como ia a nossa vida na praça e ele, como sempre, disse uma coisa valiosa:

— Pois é. Às vezes na vida, o negócio é sair de si e fazer alguma coisa na praça. A luta comum resolve mais do que ficar eternamente aí olhando para o próprio umbigo.

Na boca de outro cara isso ia parecer sermãozinho besta. Na dele, não.

As obras na praça corriam animadas, em ninguém a empolgação esfriava. Ideias brotavam nos canteiros Seu Filadelfo, bancário e poeta, um dia chegou com dez mudas de manacá-da-serra. E explicou:

— O manacá é um luxo. Dá flores brancas, rosas e uma que fica entre o roxo e o vermelho. O manacá devia ser pra nós o que a cerejeira é pros japoneses. No Japão, quando as cerejeiras começam a florir, grupos de amigos e colegas de trabalho passam horas embaixo delas, como se deixando abençoar. A gente copia tanta besteira de fora. Não podia copiar um costume bonito como esse?

12. Júlia e seus mistérios

Como terminou a história da nova praça? Não terminou. E acho que ainda vai longe. Mais gente da escola e do bairro foi aderindo ao plano, trazendo a cada dia novas plantas e ideias.

O que foi atraindo a atenção de alguns políticos que operavam na região. Pior: cresceu entre eles a ideia de fazer uma grande festa de inauguração da nova praça, tascar nela o nome do governador e tudo.

Cortamos na hora. O sonho não era esse. Só achamos que o antigo nome, Praça das Carretas, agora podia ficar simplesmente Praça da Esperança.

E não haveria uma inauguração assim, final. Para cada parte que fosse ficando pronta, formava-se, isso sim, uma festinha espontânea em torno dela. Quando dona Dileta e suas amigas deram por pronta a área dos temperos, até pizza saiu. E a ciclofaixa reuniu ciclistas como eu nunca vi.

Em nossa equipe original, Raul, Aparício, Jennifer, Iramaia e eu, também muita coisa nova e boa foi surgindo. Já ficou meio clássica aquela frase que diz que de perto ninguém é normal. E ela está certa. Mas é verdade também que de perto somos muito mais semelhantes do que parecemos de longe. De longe diferentes mesmo são os nossos preconceitos, nós mesmos somos bastante parecidos. Tememos e sonhamos basicamente com as mesmas coisas, diferentes, acho, são os sistemas de defesa que usamos para nos proteger dos nossos medos e mesmo dos nossos sonhos.

Ficou meio complicado de entender? Também não sei direito, isso foi me saindo agora, mas o fato é que uma grande e inesperada amizade que foi se formando entre nós, Jennifer, Raul, Iramaia, Aparício e eu. Aquela praça nos mudou bastante. Em torno dela nós, que de longe não tínhamos muito a ver, começamos a viver juntos coisas bem importantes, boas e ruins.

Iramaia teve um problema que não posso contar agora, mas ficamos juntos dela o tempo inteiro e o pior foi vivido da melhor forma possível. Só que aí aproveitamos para atazanar a vida dela com uma feroz campanha para que deixasse de fumar. Foi um negócio muito bem organizado, com prêmios e castigos igualmente caprichados. Meio na marra, vamos reconhecer, ela deixou de fumar.

Aí foi a Jennifer que queria visitar o pai nos Estados Unidos, mas não se animava a viajar sozinha, e ele morava num desses fins de mundo lá deles, já perto da fronteira com o Canadá. Raul, que é bastante viajado, treinou o inglês dela de tal forma que Jennifer foi criando coragem. Chegava a encher o saco o tempo que ele ficava fazendo ela repetir essas informações óbvias de viagem: a que hora sai o avião, onde é o embarque, era *please, please* e mais *please*.

Jennifer foi e voltou bem mais segura a ponto de ser convidada para um comercial de roupas de uma marca não muito fina, mas enfim, foi um começo.

Raul também ajudou Aparício a se produzir melhor na vida, o cara só faltava andar de bota e bombacha no shopping. Ele fazia parte, lá em Vacaria, de um CTG,

Centro de Tradições Gaúchas e, às vezes, achava que a vida era um CTG. Ele se comprometeu também a traduzir seu "gauches". Um dia falou que o Raul andava mais algariado que caturrita de hospício. Algariado, teve que explicar, quer dizer nervoso, agitado. Caturrita é um pequeno papagaio dos pampas que anda em bando saqueando lavouras de milho e que, criado em gaiola, fala sozinho o dia inteiro e, bem ensinado, até consegue repetir algumas palavras. Agora, porque caturrita fica mais algariada em hospício, isso ele não explicou.

Eu é que não tinha jeito. Júlia concordava em sair comigo, a gente dançava como nunca, mas, não sei, havia uma barreira e ela era legal demais para fingir que não havia, deixar para lá. De resto, entre nós era um entendimento sem fim, mais que se entender, a gente se adivinhava. Uma noite dessas ouvi na TV Cultura um terapeuta lamentando o fato de que, homens e mulheres têm mania de se ligarem ao seu oposto: o tímido com a despachada, a generosa com o durão e assim por diante. Um dia, explicava ele, essas mesmas pessoas terminam se separando pelos mesmos motivos que as levaram a se unir: as diferenças entre elas. Com o tempo, as diferenças terminam pesando em vez de se complementarem. Conclusão do terapeuta: a união entre semelhantes é mais segura, tem mais papo e vai mais longe.

Notaram que estou meio filosófico? É que Júlia se foi. Disse que tinha que voltar à sua cidade, convencer pai e mãe do seu curso e da sua vida aqui, e resolver outras coisas que não explicou direito. De coração na mão, ainda brinquei:

— Tá noiva do filho do prefeito?

— Não, que é isso, a tanto não cheguei.

Depois me disse, com aqueles olhos, que em um mês, no máximo dois, acertava tudo.
— Posso telefonar?
— Não.
— E-mail?
— Não.
— Nem um torpedinho aos sábados?
— Não.
Falava rindo, mas firme, séria. Fui com ela até a rodoviária. Já dentro do ônibus, me disse, mas com uma nuvem no rosto:
— Vê se me espera.

13. A espera

Passei uns dias meio sem chão na vida. Júlia Prates até em sonhos me aparecia, girando no ar.
Agora, na praça, quando todos iam embora eu ficava ali no banco velho, esperando.
Esperando o quê? Não sei. Mas não ia arredar o pé.
Então ficava ali.
Em algumas noites tive a companhia do seu Filadelfo, bancário aposentado e poeta militante.
Chegava devagarinho com a sua bengala e ia falando sobre tudo um pouco. Sobre poesia, principalmente:
— Sabe o que mais me irrita? Quando as pessoas querem se referir a alguma coisa boba ou impossível e dizem: "ah, isso é poesia". Ora, poesia é coisa séria e sábia. Informa sobre o ser humano tanto quanto a psicologia, sociologia e a história. Só que diz tudo de forma rápida e com música.
Achava legal, até concordava, mas não tinha muito o que dizer. Ele continuava:
— Olha esta praça como está ficando e olha o que diz o poeta Mario Quintana.
— O que que ele diz?
— Ele diz que se você quer borboletas não precisa sair por aí caçando: basta construir um jardim. Imaginou os passarinhos e mesmo as borboletas que vão visitar esta

praça? E o quanto ela já fez bem pras pessoas?

— É. O senhor tem razão. Poesia não é pura poesia. Aí mesmo que ele se empolgou.

— Poesia é a verdade com beleza, sem sermão. Dias desses me lembrei disso quando uma grande personalidade pública aí foi pega fazendo uma bobagem, uma pequena bobagem, afanando umas coisas numa loja. Choveram explicações de tudo quanto é lado. Psicólogo, sociólogo, todo mundo falando. Mas sabe quem explica melhor o fato?

— Quem, seu Filadelfo?

— Um poeta, Mario Quintana de novo. Ele diz que o pior disso, da gente ficar famoso, é virar estátua e não poder se coçar. Sabe o que esse grande homem tava fazendo quando fez aquela pequena bobagem? Tentando se coçar. Vai ver que ele não aguentava mais ser estátua.

Eu concordava encantado e quase esquecia minha tristeza. Em má, ou boa hora seu Filadelfo disse que ia me introduzir nas delícias e sabedorias da boa poesia. A começar por Mario Quintana, Adélia Prado, Ferreira Gullar e Paulo Leminski. Explicou:

— Gullar pra entender a terra, Adélia pra entender o céu, Leminski pra não entender nada sem perder o humor e Quintana pra não cair na amargura.

Uma noite, quase perguntei se algum poeta desses tinha dito alguma coisa sobre bailarinas que chegam, brilham e desaparecem no ar. Júlia.

Não sei se ele ouviu meu pensamento, porque de repente apontou para a noite estrelada e citou:

— A noite me pinga uma estrela no olho e passa. Paulo Leminski.

Mas aí foi o seu Fildadelfo que desapareceu uns tempos e fiquei sozinho outra vez na noite da praça.

45

Esticava os pés, apoiava a nuca com as mãos cruzadas e ficava examinando o céu, às vezes surpreendentemente estrelado, às vezes tão nublado como eu.

Até que numa noite dessas, a quadragésima segunda desde a partida de Júlia, vi que, lá em cima, da janela da casa azul lá cima alguém parece que me observava.

Vi a porta se abrindo, um vulto descendo as escadas e a minha vida toda por um fio.

Quando o vulto enfim chegou ali pela metade da praça, eu não tive dúvidas.

Era Júlia Prates com seu passinho de luz.

E eu então agradeci aos céus, decidido a perguntar ao seu Filadelfo se ele sabe qual o poeta que disse que a gente não deve se preocupar muito com os anos perdidos, os dias perdidos, as horas perdidas porque, de repente, um único minuto pode ser mais variado e profundo do que o mar.

Rubens Matuck

A PRAÇA

29 de junho 20? vista lateral

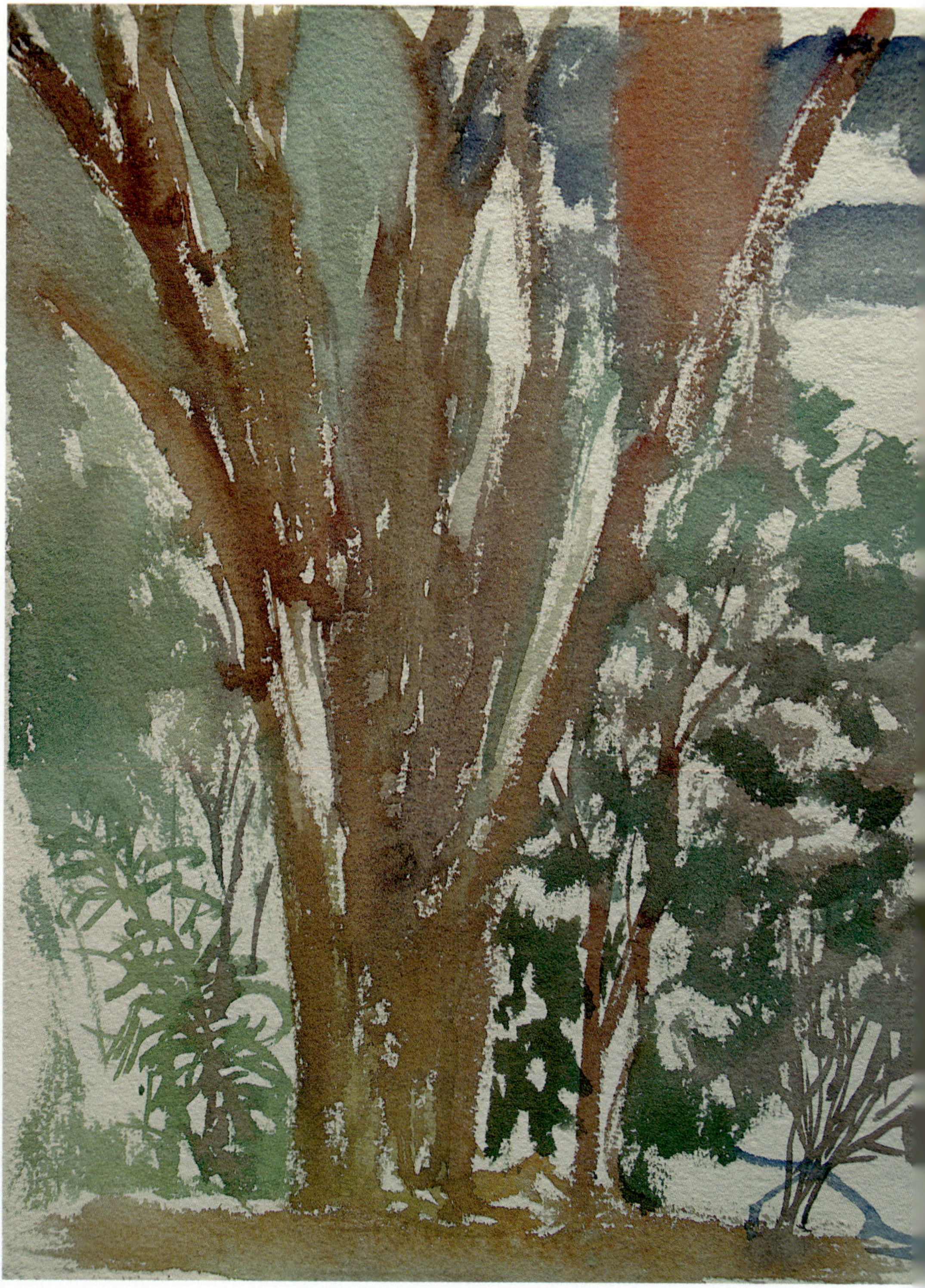

Rua Mosão Gonçalo

Heriva

Pau Brasil

Pata de vaca

Falso Timbó

Rui Pero

24 de junho 2011

Este toninjencuo foi plantado em 25.3.2005 quando o Giancarlo morreu. chegou para tomar conta das plantas.

chegou um carro como de repente e se pos na frente da cena que eu desenhava as pessoas queriam falar com a pessoa para sair da frente e eu pedi para não falar com ela e ela re to

Uma historia do quanda Marvir
tentativa de plantar arvores
do Nordeste na capital de São Paulo
ninguem deixava, o projeto e a
burocracia. Consegui
plantar um Mugi

Araucária plantada a 11 anos atrás a partir. 29 de agosto

Ipê amarelo
doado para
plantar na
rua em volta
da praça
no inverno
deste ano
fomos buscar
eu e o Itajubé em
Santo Amaro,
Mangá e Toinho
plantaram
em frente
a casa
de Paulo e
Amaitauá

Perola de 30 anos   Jacarandá da Bahia 30 anos

30 de junho 2011

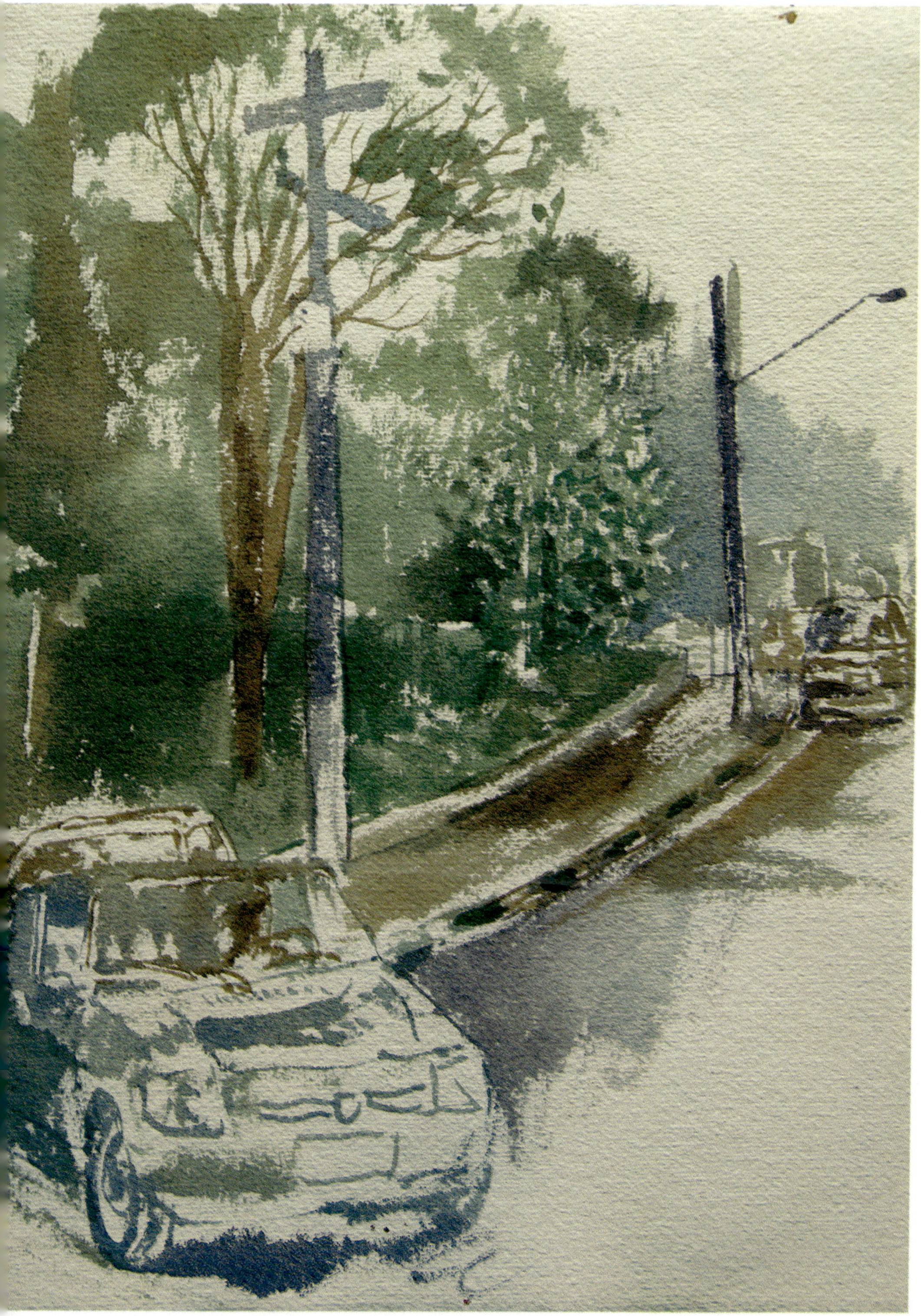

jacarandá paulista

pata de vaca

cambucá

folha de jaracatiá

folha de ipê roxa

Passando o arame

cavando

colocando estaca

muda de jatobá

3 anos

peroba com 7 anos de idade

arame

bambu

tratado que Tonho doou para a praça

Compostagem

Marcos cerca os canteiros para as pessoas não pisarem na terra e proteger as árvores

bambu

arame

bambu tratado

28 de junho
de 2011

Tonhão trabalhou
para colocar o entulho
na praça há muitos
anos atrás e hoje
com o Marcos esbarrou
para pôr as novas
mudas

Antonio
Oliveira
Gomes
o Tonhão
jardineiro da
Praça com
o Marcos de
Lima

as mãos de onça
de Tonhão
(quer dizer mãos grandes)

Tomhão
plantando

tesoura
de poda

podando

Senhoras jardineiras utilizando a banca para plantar avantesmas 29 Julho 2011

Inquiridor, examina
com curiosidade o tipo
de rapaz que tir nos
placar

Marror
o que
guarda
a praça

27 junho

Tonhão plantando araucarias

29 de junho 20? vista lateral

Carlos Moraes

Gaúcho de Bagé radicado em São Paulo, onde, como jornalista, trabalhou nas revistas *Realidade, Psicologia Atual, Nossa América* e *Ícaro*.
Como escritor, publicou *O Lobisanjo, contos*, Editora Vozes, 1970; *A Vingança do Timão*, Editora Brasiliense, Prêmio Jabuti de 1981; *Como ser feliz sem dar certo,* contra--ajuda, Editora Record, 2000; *Agora Deus vai te pegar lá fora*, romance, Record, 2004; *Desculpem, sou novo aqui*, Record, 2009; *As três histórias mais bonitas do mundo*, Editora Ôzé, 2011.

Rubens Matuck

Nasceu e vive em São Paulo, é professor, artista plástico, autor e ativista ambiental. Teve sua formação acompanhada por artistas como Aldemir Martins, Evandro Jardim, Renina Katz, Van Acker e Sansom Flexor. Trabalhou em jornais e revista por mais de 10 anos. Escreveu e colocou imagens em mais de 20 livros infantojuvenis. Em 1993 recebeu o prêmio Jabuti pelas ilustrações do livro *O Sapato Furado* de Mario Quintana